KB034152

씨앗으로 시간을 지나

정은대표시선 278

씨앗으로 시간을 지나

김정옥 시집

정은출판

씨앗으로 시간을 지나

쌍떡잎이던
새잎 어린 손을 흔들던 너는
다시 씨앗으로 돌아갔다
네가 기적의 물 한 방울 마시길 소망한다

2022 가을 문턱에서
막내 동생을 못내 보고파 하며

| 차례 |

제1부

슬겁다[*]

---

* 슬겁다: [성격] 1. 겉으로 보기보다 속이 넓다 2. 마음이 너그럽고 미덥다.

기다림

벌레 먹은 느티나무 잎 같은 햇볕이
옷깃을 파고드는 찬 손을 막지 못하여
움츠린 어깨가 어름처럼 시리다

카스테라처럼 부푼 허전한 공기 가득하여라

화상처럼 진한 징표를 남기고
그대가 사라져간 자리에
흰 눈이 지우개가 되어도
古木처럼 붙박여
끈을 놓지 않는
탑이 된다
층층이 보고픈 마음을 쌓고 있는
천년이 되어도 뼈를 세워 다지는 마음 하나

다시 봄을 맞으며

수양매화가 왁자하게 웃는다
춤을 추며 웃는다
꽃눈을 준비하는 일은 즐거운 일이다

홍매화가 웃음을 거둔다
눈물방울 없는 울음을 운다
맨몸으로
파고드는 한파에
기진맥진
그러면서도 지켜낸다
어린 자식들을

봄을 맞을 준비를 하는 건
엄중한 책무이다

어린 손자가 곤히 잠든 새벽
할머니가 문을 열고나서며
나뭇가지에 깃발처럼 걸린
초승달을 본다

달이 차오르듯
손자는 달리는 기차처럼 빠르게
커갈 거고
봄도 발걸음을 재촉할 거라며
옷깃을 여민다

한 걸음 더

꽃잎 되어 당신에게 갑니다

당신 그 자리에 있어요

날마다 날마다
조금씩 조금씩

더 가까이 가렵니다

바람의 손길 뿌리치고
당신에게 갑니다

당신 그자리에 있어요

한 잎이 되어서라도
그대에게 날아갑니다

빈배가 되어서라도
그대에게 달려갑니다

당신 그 자리에 있어요

준비

산수유는 구슬처럼
봄의 씨앗을 살찌울 때
붉은 등 밝혀 놓고
따스한 손길 기다리는
소원을 말했다

양지바른 비탈에 한파를 뚫고 나온 꽃다지
팽팽하게 붉은 힘줄을 당긴 화살나무
모두 봄을 먼저 맞을
준비가 되었다

강아지가 촐랑대며 먼저
마중을 간다

겨울 공화국

이보다 더 좋을 수 없는
소식이다

수족냉증이
좋아질 거래서
얼음물로 몸을 씻는다
송곳처럼
찬 기운이
살갗을 파고들어
뼛속까지 얼음이 들어 찰 것 같다

온몸이 후들거린다
머리는 빈 대야가 된다

후끈후끈 열이 난다
김이 모락모락 나는 찐빵이 된다

봄을 부르는 노래

부모님은 뾰족한 마음 내려놓기 위해 날마다
기도로 마음 닦을 때

명자나무 어린 가지는
가시를 세우는 방법부터
먼저 배웠나보다
욕 먼저 배우는 아이처럼

오래 부딪기며 같이 살아야
정도 붙는 것인지
모난 마음엔
따순밥 같은 꽃눈도 없다

산수유나무에 옹기종기 모여 앉은 참새가
고개를 갸웃거린다

들여다보기

유치원 아이들이 공원놀이터에 놓고 간
양동이와 삽과 꽃 사과 한 알과 나뭇가지 하나와
나뭇잎이 파헤쳐 놓은 흙 위에서 있다

아이들은 몇 가지만으로 큰살림을 차렸다
모래로 밥을 지으며

변화무쌍하게 돌아가는 세상 속에서도
아이들에게는 개미 한 마리, 돌멩이 하나
작은 것이 소중한 살림이다

놀이터로 뛰어오며
아이들이 봄을 지으려 한다

오래된 책

누구 하나 발 들여 놓은 적 없는
오래된 숲 같은 책

첫 페이지가 가만히 들춰지며
찌릿하게 전율하는 비명을
잠꼬대처럼 지른다

군대 내무반 잠자리 같은
도서관 서가에서
뒤척이지 못하던 몸이 기지개를 켠다

굳었던 사지가
탄성가진 고무줄처럼
원래 모양으로 돌아가려 한다

부자는 더 부유해지고
가난한 자는 더 가난해 지는데
어린 코제트가 어떻게 빗자루질을 멈추게 할 수 있는지
이야기의 자물쇠를 풀려 한다

꿈 많은 아이처럼
도장깨기*를 해 보고 싶어 하는
호기심이 소쿠리로 넘친다

---

* 도장깨기: 유명한 도장을 찾아가 그곳의 실력자들을 꺾는 것처럼, 특정 분야에서 어려운
 장벽이나 기록 따위를 넘는 일

받아쓰기

언제일까 생각하며
늘 대기 중
그가 부를 때를
기다리며
기다리며
목소리가 들리면
종소리가 들리면
화살처럼
총알처럼
달려갈 자세로
귀를 세운다

소나무 위에서 내려다보고 있던 비둘기가
지금이야
호각을 불며 날아오른다

마중물을 만나면
시어는 어디서나
펌프물이 된다

시가 솔방울처럼
굴러온다

겨울바람

겨울바람이 거센 물결처럼 몰려온다
뼛속까지 밀고 들어온다

날마다 밥상 위 주인공이었던
배추김치는 '금치'가 되어
날개를 달고 날아갔다

소금자루에서 기어 나온 장아찌가
틈을 타 행세를 한다

동생이 먹고 싶다던 삼겹살집에서는
김치는 리필이 안 된다고 못을 박고
당연히 각자 한 접시씩 받았던 파절이는
한 접시만 내오고 그게 다란다

모두 껑충껑충 뛰어오르지만
쌀이 바람막이가 된다

누구시기에

처음 보는 잎
심지 않은
정체불명 식물

조그만 뜰 한옆
빈자리를 찾아 앉았다

탯줄 하나로 이어진 사이가 되어
궁금증에 물을 준다

자목련처럼
끈끈한 정으로 커가려나

눈

하늘에 지진이 났나봅니다
별이 멸치떼처럼 피난을 옵니다

시골집

어린새끼를 핥아주는
어미 개처럼

엄마가 할 수 있는 일은
차가운 아이 배를
거친 손으로 쓸어주는 것뿐입니다

밤새 초승달이 여린 마음으로
방문께를 기웃거리고
바람도 발길을 돌리지 못한 채
앵두나무 근처에서
서성입니다

가까스로 잠든 아이 옆으로
엄마는 그림자만 길게 눕힙니다

밥 한 술처럼

동생이 떠난 집 냉장고에 있는 야채로
반찬을 만든다
매미허물 같은 옷가지
빨래를 한다
발자취 뒤에 떠돌지 모를
먼지 같은 군말을
쓸어담는다

코뚜레도 풀고 신발처럼 짐 벗어놓고
먼 여행길에 나선 동생
급히 집을 나서야 할 걸
예견한 걸까
마른 표정 그림처럼 정돈된 집안이
사람 살던 집 같지 않게
썰렁하다

더는 들를 일이 없을 막내가 살던 집
서둘러 나서다
한 바퀴 둘러본다

액자 속 동생은 아무 일 없다는 듯이
환하게 웃고 있다

따순밥 같은 마음 한 자락 담아 사진 곁에
남겨 놓는다

스마트워치와 나

스마트워치는 심판관이다

의자에 앉은 지 한 시간 되면
건장한 남자가
잠깐 걸어볼까요

엄지 척
좋습니다

하루하루
목표를 달성해야
하트 뿅뿅

주간 분석에
전 주와 비교분석까지 하며

훌륭해요
잘 하고 있어요

칭찬을 아끼지 않는 선생님이다

나는
눈치를 보며 쉬어볼까 하다가도
조금 더 잘 보이자고
동트기 전부터 삐걱거리며

헉헉

넘어가다

자주 가는 카페에서
바나나 망고 플라페를 마신다

더는 들일 수 없는
만원버스가 된 배는 한껏 부풀어
씩씩거린다

갓 구은 치아버터 빵이, 치즈빵이
자꾸만 손짓한다

친구 이야기는
한 귀로 시냇물처럼
흘러가고

화장기 없는 얼굴로도
매력이 철철 넘치는 아가씨처럼
수더분한 냄새로
달콤한 꼬드김으로

무화과 깜빠뉴, 초코 크로와상
빵들이 일제히 부르는 소리에

또 넘어가고 만다

의사의 엄중한 주문은
백지가 된다

"밀가루를 끊으세요."

탄수화물 보고서

찬바람이
살갗을 바늘처럼 찔러대는 날 퇴근 후
겨울바지를 꺼내 입어본다

배를 욱하며 우겨 넣고서야
지퍼가 올라갔다
꽉 끼는 코르셋을 입은 것처럼
턱 막히고 마는 숨

적분을 하고 있던 복부

초음파검사가
뻔하고 뻔하게도
지난해 어느 순간으로 미분을 요구하는
초강력 펀치를 먹인다

느린 이별

가까이 가려고
솜털 같은 시간까지 공들여 쌓은
우리의 탑

하나처럼 겹쳐져 보이는
극한값에 도달한
우리 마음

나뭇잎 하나
흔들리는 바람결에도 설레는
우리 숨결

헤어질 날은
우주 저 멀리 있어

이슬처럼 영롱한
우리 사랑

빈들에서 봄을 보다

당신이 떠남은
우리 남은 여정을 위한
전정이겠지요

물관이 되고 체관이 되었던
연결고리에서
빨아올리던 사랑이
시든 잎이 된 걸
가벼운 농담처럼
받아들일 수 있었던 까닭은
헝클어진 머리를
가지런히 빗어 내리는 느낌이었기 때문일겁니다

집을 떠나면
다시 돌아오지 않는 뻐꾸기처럼
뒤돌아보지 마세요
내일은 다른 노래를 부를 수 있겠지요

따뜻한 가슴

도시도
따뜻한 가슴을 갖게 된다

급식봉사 작은 씨앗이
싹트고
꽃을 피운 까닭이다

농부의 심장을 가진 사람들이 모여
물을 주고 가꾸어 가니

새들도 모여든다

빗장을 열다

비밀의 문 꼭꼭 닫아걸고
속옷차림 한 번 보이지 않던 엄마가
처녀림 같은 속살로
몸을 맡긴 채
앉아계십니다

애교 많은 강아지처럼
고분고분합니다

밥 먹을 때는 도리도리도
잘 하는 엄마가
깊은 샘까지 밀고 들어가는
거친 손까지
뿌리치지 않습니다

겨드랑이를 간질이니
까르르 까르르
나비처럼 몸을 떱니다

연분홍 복사꽃이 됩니다

古木에도 꽃을 피웁니다

겨울노래

원룸이 햇볕의 길을
푹푹 내리는 눈처럼 지워가고 있다

집의 발치에서부터
물감이 번지듯이,
식물이 자라듯이
쑥쑥 어둠이 키를 키우고 있다
성큼성큼 유리창안으로 걸어 들어와
안방아랫목까지 차지하고 앉는다

감나무에 앉아 할머니처럼 졸던
직박구리가 날아간다

한 잎 같은 마음

꿀 먹은 벙어리가 되었느냐
말 한 마디면 갚을 수 있는 겨

받지 못한 빛 때문에
아쉬워했던 엄마

죽비소리 한 번으로
족한 시 한 수

사설만 늘어지고 있다

정북토성에 서서

주인 잃은 해자에서
서걱대는 갈대가
말발굽소리를 들려주고
곡식을 가득 실은 마차바퀴 소리를 들어보란다

님은 간 곳 없고

파란 하늘까지 우뚝한 소나무가
성문지기가 되어
미호강가 들판에
깃발을 휘날리며 쩌렁쩌렁하던
백제 조상의 함성을 말해준다

차고 넘치던 곡창을 휘돌아
달리기를 하는
미호강 물결이 푸르게 빛난다
넉넉한 품에 안긴 나의 다리도
성벽처럼 단단해진다

열다

수십 년 동안 옥죄어
무시로 굴러가게 했던
굴레에서 벗어나서
너는 훌훌 털고 떠났구나

냉장고 문을 활짝 열어 재치고
송풍구를 열어
요란한 맥박소리로 살아있음을 알리는
모터 가까이로 청소기 노즐을 집어넣다 깨닫는다

나도 가끔은
심장과 허파의 문을 활짝 열고
유통기한을 확인하고 싶어 한다는 것을
네가 아무런 기척도 없이 홀연히 떠난 후
더 많이 궁금해 한다는 것을

너는 어째

너는 어째
꿈에서만 내게 오니

너는 왜
웃기만 하니

너를 얼마나
보고 싶어 하는데

네가
너무 반가워
너를 만나니
좋기만 했는데

카톡 소리 한 번에 왜
달아나고 마는 거니

이건 너무 폭력적이야

너를 보고 싶어도 못 보는 현실은
허물어진 내 세계를 받아들이라는 건
총부리를 들이대는 거다
너무 잔인한 강요이다

조금만 더

적십자회비 통지서를 돌린다
찬바람이 목덜미를 파고들다
온몸을 떨게 한다
조금만 더 조금만 더
얼마 안 남았어
주문을 걸 듯 달래보지만
젖은 마스크마저 얼음처럼 시리다

아버지 객지에서 홀로
허리띠를 졸라매고
겨울바람에 맞서서도
조금만 더 조금만 더

어머니 여러 아이들 뒷바라지에
얼음 깨고 퍼 올린 찬물에
손이 얼어도
조금만 더 조금만 더

동생들 먼 길 걸어서 걸어서
등교하는 길 위에
성장소설을 쓰면서
조금만 더 조금만 더

기다림을 익히고 뜸들인
탑이 우뚝하다

여행

아주 깊은 역사를 간직한 고장
긴 삶의 표정을 담고 있는 만큼
옛 모습 그대로이길 바랬지만
그곳에도 변화의 물결은 밀려왔더군요
짙은 나이테처럼 그 흔적이 새겨져 있었어요

낯이 익은 옛 모습을 찾아보려 하여도
흘림기둥이 한 쪽으로 삐딱하게 기울기 시작하였고
문짝이 삐그덕 삐그덕
적적한 마음을 털어내려 애를 쓰고 있어
붉게 물든 단풍이 제 무게에 겨워 몸을 누이려하는 가을처럼
발뒤꿈치를 무겁게 잡았어요

이곳에도 난개발이 화두라서
생뚱맞은 건물이 곳곳에 들어서기 시작했더군요

몇 해 전에 갔을 때와 사뭇 달라진
엄마의 몸이
개발반대 운동이라도 하고 싶게 합니다

콩나물을 뽑으며

콩나물을 앉혔다
하루하루 속도를 보여준다
콩나물이 까치발로 서서
담장너머를 내다보고 싶어 하는 아이처럼
불쑥불쑥 머리를 내민다

너는 달라 보이려 하지
않아도 차이를 갖고 있다
다 같이 교복을 입고
운동장에 서 있는 소녀가
일부러 찾지 않아도
그냥 보이던 그때처럼

수많은 쌍둥이 집합 속에서 너를 먼저 본다
연병장 신병들 속에서
먼저 눈에 띄던 아들처럼
작은 우주 속에서 차이를 본다

배롱나무 긴 겨울을 건너고

맨몸으로
겨울바람 속에서도
떨지 않는 배롱나무

어둠이 물러나지 않은
문 밖으로 나서던 아버지 등어리를 닮았습니다

평생 자식들 기둥으로 사신 아버지
당신은 헐벗고 헐벗어
뿌리마저 사그라졌습니다

하나 둘 꽃잎 떨구며
백일동안 소진되어가는 아버지 손을 잡고
어미 개처럼 핥아주고 보듬어주는
자식은 없었습니다

아버지는
견디고 견딘 끝에
자식들이 새가 되어

날개를 펴고 둥지를 떠나자
지팡이를 놓고 말았습니다

배롱나무는 눈보라 태풍 모두 이겨내고
백날마지*처럼 꽃을 피워내겠지요

아버지
삼백예순다섯 날
무시로 피어나소서

---

* 백날마지: 백 날 동안 기한을 정하고 드리는 기원. [비슷]백일불공.

빠지다

책이 펼쳐놓은 파노라마 영화에 푹 빠져 사는 여름 한가운데
얼굴 까먹겠다며 잡은 꼭짓점 약속을 뭉개고
샌드위치 한 쪽으로 시간을 잘잘하게 칼질하는
상당도서관

코로나19도 막지 못하는 책의 숲길 그늘이 깊다
울창한 과학 숲을 돌아
꼬불꼬불 문학 숲 가운데 소설과 시 사이에서
작은 뜰에 나무를 옮겨 심느라
삽질로 하루가 저무는데

눈앞에는 코스모스 감국 꽃물결
은행 느티나무 단풍물결
하롱하롱

땀 냄새 물씬한 사람 세상 대하드라마도 물처럼 흐른다

연꽃 피우는 마음

닭백숙과 참외를 받아든 어르신이
거듭 머리를 숙인다
다섯 마리 백숙을
동네에서 나눠주라는 단서가
안겨준 고민이 단박에 해결된 순간
돌아서는 발걸음이 날개를 단 듯 사뿐사뿐

연말 이웃돕기 성금 모금 갔을 때
무릎으로 기면서도 사과를 깎아 주던 분
주머니에 있던 사천 원 중 삼천 원을 성금으로 낸 어르신
이런 걸 나에게 왜 주나 눈이 토끼처럼 커지던 아기엄마
손을 자꾸 앞치마에 닦던 아주머니
파자마 차림으로 문 열었다 쩔쩔매던 아저씨

다섯 명의 세입자와 어르신들
모두가 활짝 핀 연꽃이었다
우리 동네에 등불을 켜주는

봄이 왔으면

딸내미 차에서 마지못해 내려선 뚝방
세 걸음마다 멈추어 기도한다
새 움트는 나뭇가지처럼
내 다리도 물이 올랐으면

무심천 걷기 길 위
사람들 속에
갓 피어난 매화 꽃봉오리로
피어났으면

봄바람이 치는 박수를 받으며
거뜬히 발짝을 떼어
나만 보면
걱정이 한 소쿠리이던
딸에게 손을 흔들어
주름살 없는 봄을 안겨줬으면

황소 얼음판 걷듯*
겁먹은 적 없는 듯이
공연히 밖으로 나가
활개치고 싸돌아다녀봤으면
시장 구석구석을 안방처럼 알던 그때처럼

---

* 황소 얼음판 걷듯: 넘어질까봐 매우 조심스럽게 걷는 모양

택배로 배달된 사랑

'열무김치도 떨어지는구나' 생각하며
김치통을 탈탈 비운 오후에 온
고등어 중간토막 같은 문자 한 통
'열무김치 보냈어'

된장찌개 같은 엄마 마음에
저글링 공처럼 오가는 출퇴근길
발걸음이 가벼워지고

열무김치 상자에는 아이스크림이
울타리를 치고
양배추 김치통 옆구리에서는
군침만 삼키던 과자가 쏟아져 나왔다

열무국수 한 젓가락에
땀이 식는다

제2부

이윽하다*

---

* 이윽하다: 느낌이 은근하다. 또는 뜻이나 생각이 깊다.

꽃 피는 사랑

청주시 사랑 나눔 조끼를 입은 남자가
수박 한 덩이를 들고 급히 뛰어갑니다

마스크를 받아 든 어르신이
마스크가 떨어져서 걱정하던 참이었다며
"우리나라 참 좋은 나라여"
휘파람새처럼 옥타브를 높입니다

종량제봉지를 받은 할머니가
떨리는 손으로 이름 석 자를 쓴 후
시원한 음료수라도 마시고 가랍니다

허름한 빌라 단칸방에
수급자가 많이 사는 우리 동네에
물과 거름 다독여주는 손길 받으며 피어나는
접시꽃처럼 사랑이 피어납니다

햇볕이 컴컴하던 단칸방 문을 두드립니다

비, 음악회를 열다

아침 빗속 공기가
갓 잡아 올린 갈치처럼
비린내 없이 깨끗하다

지퍼를 굳게 잠근
이른 더위에 목말라 하며
축 늘어졌던
머위와 곤드레 호박잎이
일찌감치 기지개를 켜며
눈을 떴다

빗방울 협연장으로 초대된다

어금지금한* 산목련 자목련 작은 북을 두드리니
진달래 철쭉이 장단 맞추어
마라카스를 흔드는 작은 소리
높은 소리 낮은 소리로 흥을 돋운다
더금더금* 오이 잎 큰 북 느리고 낮은 울림 속에

원추리 꽃이 리듬에 몸을 맡긴다
미선나무 어깨가 절로 들썩들썩
연주에 석인다*

---

* 어금지금하다: 정도나 수준이 서로 비슷하여 별 차이가 없다
* 더금더금: 더한 위에 거듭하여 더하는 모양. 〈 더끔더끔
* 석이다: 속으로 녹게 하다

부평초

엄마를 주간보호센터에 맡긴 후
집에 들려 촘촘히 박음질된 시간에 쫓기다
반환점 돌아 엄마와 동생네 집으로 간다

조용하다 싶으면 무언가 일을 만들고 있는 아이처럼
엄마는 아침마다 옷 보따리를 싸고
씻기고 갈아입힌 옷에 실수를 하고도
심술이 폭포처럼 철철
주머니마다 휴지 마스크와 양말까지 몰래 넣어
알밴 피라미처럼 불룩하다

물 설은 동네 같기는 행동반경이 좁은 동생네나
물건을 찾느라 쑤석거려 놓은 채
빠져나갔던 내 집이나 마찬가지

오밤중에 옷을 벗고 등을 밀어 달라 꼭두새벽에 색칠 놀이하고
일요일에 주간보호센터에 간다고 화장을 하는
구순 넘은 할머니의 입맛을 맞추지 못해
잠들지 못하다
꿈에서도 떠돈다

부레옥잠처럼 뿌리를 내리지 못한 채

퇴고

산목련 가지를 친다
너무 일찍 치면
꽃을 피우지 못한 채
커다란 잎으로 부채질만 한다

너무 짧게 쳐도
숨겨 놓은 박새 집이 들어날 만큼
볼품없어진다

무작정 자라는 대로 두면
명사 형용사 동사 주저리주저리 늘어놓은 문장이 되어
주제인 꽃이 잎에 묻히고 만다

둘 중 하나 선택을 요구받은 가위가
가만히 들여다보기만 한다

원인이 없는 결과는 없다

상고머리조차 갖지 못하였던
감나무는 꽃 한 송이 피우지 못하였고
엊그제 집들이 한 체리나무는
열매 하나를 삶의 징표로 매달고 있는데
완두는 잎을 모두 벌레에게 먹이고도
열매를 통통하게 살찌우고 있다

바질나무가 한 송이 꽃을 피웠다
새집증후군으로 몸살을 앓고도 살아난 기쁨의 표시처럼
봄까치꽃보다 작고 여린
하얀 얼굴에
연노랑 애교 점을 살짝 찍었다

뺄셈 값을 내주고도 덧셈 값을 받아낸다

돌아오지 않는 강

너는 늘 팽팽하게 긴장해 있는 활이었다

일순간에 부러질 줄 모른 채
가족 누구도 엄마까지도
사회마저도 너에게 여백과 틈을 주지 않았다

모두 한결같이
더, 더, 더, 더더더...
화수분 같은 욕심만 채우려했다

이제서야
돌아오지 않는 강이 된
너를
몹시도 보고파 한다

너의 빈자리를
어쩌지 못하여 쩔쩔매다
섧게도 헤매이다

뒤늦은 후회로
밥을 짓다가
길을 가다가
활짝 웃는 네 얼굴이 동해바다 해처럼 떠올라
한없이 한없이
비를 뿌린다

엄마는 막내는 어디 갔기에
오래 지나도 안 오냐고 한다

건넛방 체류기

방학이면 세계문학전집 한국문학전집
빼곡한 눈빛 중
손가는 데로 한 권 뽑아들고
겨울이면 위풍 닿지 않아 좋고
여름이면 냉장고 같은 바닥에
한 몸처럼 납작 엎드려
하루해가 꿀떡꿀떡 넘어갔다

가끔은 놀러온 친구가 내 이불 속까지
들어오곤 하였는데
엄마는 통팥 가득한 찐빵을 쪄주고
얼큰한 동태찌개로
아침까지 해먹이기도 하였다

안방 윗방과는 ㄱ자로 이마를 맞대고 있어
사랑채처럼 따로 가진 꽃밭에서
라일락꽃향이 사부작사부작 걸어 들어오고
앵두 살이 빨강 꽃처럼

탱탱하게 피어나기도 하고
키 큰 은행나무는
먼데 산골 숲속 작은집 같다는 생각을 하게 하였다

엄마가 큰소리로 몇 번씩 불러야
나가던 방

무럭무럭 자라는 아기처럼
꿈이 영글어가던 방

꿈속의 나는 여전히
그 방에 산다

핑계

막내아들이 없으니 사람 사는 집 같지 않다는
엄마 귀와 눈을 가리고
덧입힌 포장으로
또 얼버무리며 불을 끈다

하룻밤 더 있다가 온데요
일이 아직 안 끝났데요
너무 바쁘데요

어린 아이 달래는 어미처럼
엄마가 자꾸 꺼내는 궁금증을 토닥여
잠재우는 나날

준비 안 된 엄마를 위하는 척하며

겁먹은 내 마음을
감당하기 버거워
내놓는
독립변수가 될 수 없는

거리

홍덕사지에서 양병산 오르는 길 구석진 그늘에
키 작은 돌부처가 서있다

앞서 가던 등 굽은 할머니가 멈춰 서서 3배를 한다

나는 우암산만 바라보고
발밑에 겁을 한 사발 먹고 지나간다

이따금 부처가 왜? 이곳에 ?
물음표를 주렁주렁 달아놓고 지나간다

이쪽에 서있는 배롱나무나
절을 하는 할머니나
그냥 지나가는 나나 모두
사이에 거리를 두고 있긴 마찬가지이다

부처 머리에 앉는 새만 거리가 없다

같아지길 바라는 소원

신봉동의 재활원에서
보조기를 신고
애써 걷기 연습을 하는
눈도 마주치지 못하는 어린 아이들을 응원합니다
처절한 노력을 하여도
비장애인이 될 수 없는 아이들이
걷기, 손 운동, 언어치료를 받느라
뛰어 놀아야 할 하루를 몽땅 씁니다

목이 한쪽으로 기울어진
눈이 큰 아이가 나를 보자
이를 드러내고 채송화처럼 씩 웃습니다
활동지원사에게 마음을 열지 않아 말을 하지 않는다는
아이의 끈적임 없는 웃음이
내 마음까지 맑게 씻어줍니다

할 수 있는 유일한 일
간절한 마음으로 기도합니다

아이들이 재활훈련을 잘 견대내고
가리사니* 문이 활짝 열려
친구들과 뛰어놀 수 있는 날이 오길

* 가리사니 : 사물을 판단할 수 있는 지각이나 사물을 분간할 실마리.

기절

시청 앞 상당도서관에
새 책들이 위풍당당 행진곡을 들려주며 들어왔다

새 책의 앞장을 펼친다
내 마음의 함수가
높아지기 시작하여
중간 값을 뛰어넘어
절정의 장에서는
난타처럼 쿵쾅거린다

온몸이 번개에 맞은 듯 번쩍거리며
전율한다
양의 도함수로 쭉쭉 뻗어
극한값에 도달하여
넋이 나간다

책을 덮을 수가 없다

의자

나무가 의자가 된다

새가 앉는다
새가 앉자 비로소 나무는 진정한 의자가 된다

사람이 앉는다

앉고 싶어 하는 모두에게 등허리를 내주지만
의자는 앉고 싶어도 앉을 수가 없다

쉬고 싶어도 쉬지 못하는 부모님처럼

미호강 연가

캔버스를 들고 야외스케치를 갔던,
푸른 미루나무 같던 때가
피라미처럼 뛰어오르다 흘러간다
강물처럼

미루나무 잎이 은비늘처럼
반짝이며 바람 따라 춤출 때
너와 나의 노래가
초록 잎으로 자라났다

너의 눈동자가 별빛화살로
꽂혔을 때
내 가슴이 요동치는 천둥소리를
금방 들킬 것만 같았고
너의 숨결이
열병처럼 뜨거웠다

미루나무 숲 해체는
우리가 쓰기 시작한 소설
에필로그가 끝나기도 전에 파편화하는
예고편이었던가

연어처럼 돌아올 줄 알았던 강둑에
바람만이 마른 잎을
쓸고 다닌다

습관

굳어진 절차
안경을 벗으려한다

세수를 할 때
머리를 빗을 때
옷을 입을 때
잠자리에 들 때

먼저 안경테를 잡으려 한다

백내장 수술했지
허전한 손이
이제 생각났다는 듯이 말한다
아직은 애꾸눈이지만

엄마는 여든 살에 한 백내장수술을
정식 노령인구로 등단도 하기 전에 했다
어차피 시작되면 답은 하나라니
막다른 골목에 들어선 것이다
엄마는 10년 전에 수술했다는 걸 기억하지 못했다
다만 내 얼굴에 물음표만 찍을 뿐

안경자국도
코에 문신처럼 선명하다

위선

사자처럼 늑대처럼 스스로 산 짐승을 찢어발기지 않을 뿐
소 돼지 가리지 않고
맛집 찾아
몰려다니면서도
얼마나 착한 얼굴을 하나

오이도 가지도 제 힘으로 씨앗을 만들려 애를 쓰노라면
먼저 가로채가면서도 미안해 하기는 고사하고
좋아라 해벌쭉이기까지 하는
무서운 얼굴

찌꺼기만 잔뜩 남겨놓고는
뜬금없이 봉사 활동, 동네청소로 과대포장

뿌리도 없이 미세먼지만 먹고도
산소를 펌프질하여 도적에게도 숨통을 틔워주는
에어플랜트 이오난사에게
고마워할 줄도 모르는
낮도깨비 방망이질까지

절규

조용하길 원하는 방구석에서

나는 코뿔소가 되었다
마구 달려 뿔로 들이받았다

홀로 방문 닫아걸고

시린 겨울 같은 마음으로도
산란기를 맞이한 명태처럼
시어를 마구 낳았다

헝클어진 머리처럼
시어끼리 얽히어
서로 언성을 높였다

전화 받은 엄마가
다 그놈이 그놈여 한다

자본주의 만세

나는 떡밥이다

부리로 먹잇감을 뒤적이며
살점을 쪼는
새처럼
집으로 돌아갈 시간을 밀쳐내고
심장 가운데에
뼈처럼 딱딱한 콜레스테롤 핵을 찾아내려
눈에 불을 켠다
오늘의 작업이 입맛을 다시며
감질나 한다

달걀껍질처럼 부서진

갈래를 잡을 수 없는

콘텐츠
콘텐츠
콘텐츠
부장님 눈초리에
가시가 서말이다

날다

물은 날개를 갖고 있다
어디든 날아갈 수 있는 새이다
새들이 군무를 펼치는 안개

그 속에서는 나도 다른 풍경과 거리를 두고
홀가분하여진다

어디론가 날아가는 꿈에 깃든다

사이

멀어져가는 기차를 오래 바라보며
점점 더 멀어져간 사이를 생각했다
올해의 가을처럼 다시 오지 않을
지워지는 사이를

호박 넝쿨처럼 점점 더 무성해지는 쓸쓸함을 안고 살
외딴 섬 같은 삶에 대하여

딱딱한 빵을 우물거리는 노인처럼
뒤뚱거리는 시간의 발걸음이
갯벌에 빠진 발을 빼려 무진 애를 쓰는 어느 지점

허공을 보는 마음도 등고선을 그리는 파동처럼
퍼져나가는 것인지

도시 가운데 서서

1.
정치평론을 들으며 시상을 떠올리기 어렵고
계산기를 두드릴 땐 숫자만 보인다

롤랑 바르트가 기하학적인 높이의 도시·석화된 격자의 사막
이라고 말했던 도시 스카이라인처럼
청주 스카이라인이
산을 집어삼킨 고층아파트들이 했던 작업으로
기하학적 수직 수평 딱딱하고 견고한 무표정으로 변해간다

디오게네스가 가진 햇빛 한줌마저 빼앗지 못해
눈을 부릅뜨는 오리무중 탐관오리가 있다

2.
숲을 지운 자리에 장거리 경기장 같은 길바닥이 뼈를 굳히고
길이 있는 곳엔 사람들이 몰려들어
우주로 오를 기세로 키를 높인 고층아파트 단지가
하늘을 뭉텅뭉텅 먹어버려
창문을 열어도 늘 회색이다

그 많은 집은 누가 해치웠는지
정부에서 내놓는 주택정책은 맥을 못 춘 채
집 없는 사람들은 늘 등이 시리다

3.
참새 직박구리 박새 모두 목청을 높이고
장끼가 이따금 후렴처럼 고음 불가 소리 한 번 냅다 질러
계절을 한 걸음 밀어주기도 하고
꽃과 나무와 사람이 풍경에 스며드는 동네는
어디에서 찾아야 하나

가을

잎이 바람에 날리니
하늘이 빈자리를 채운다

가을이란다

나는 기다렸다
그의 소식이 올 거라고

뜯지 않은 고지서만
쌓여갔다

낙엽처럼

잠재우다

왼쪽과 오른쪽 어느 쪽 으로 갈까 생각은 주저하지 않고
주사위도 없이 왼쪽으로 방향을 튼다

저수지와 나란히 걷는 외길을 따라 들어갈수록 깊어지는
산그늘 속에 숨은 마을
정자나무 아래 나란히 앉은 사람만 사는 듯 적적한 오후
눈동자 넷이 기다리기라도 했다는 듯
자동기계처럼 한꺼번에 차창으로 몰려오더니

저쪽으로 나갈 수 있어요
질문을 토막 내며
없어요

참 딱하다는 눈빛이다

버스도 들르지 않는 오지마을이
통신두절인 채
남겨져
하염없는 기다림을 잠재운다

시간

호박넝쿨은 엿가락처럼
길게 늘여 잡아당기고 당긴 끝에
펑퍼짐한 몸통 속에 시간의 흐름을 말아 넣는다

방울토마토는 작고 동그랗게 압축하여 제 몸 속에 감춘다

오이는 날씬한 몸속에 재빠르고 능숙하게 끌어 들인다

강낭콩은 어떤가
가을 해처럼 짧은 여정
뒤돌아보지 않고
부지런히 주워 담는
알콩 달콩 이야기 한 섬

버짐나무

강아지가
한발을 발레리나처럼 들자
발치가 뜨뜻해진다

두리번거리며
사내가 가까이 다가서더니
아랫도리께가 후끈거린다

어떤 이는 등허리를
마구 쿵쿵

별이 내려다보며
깔깔깔

반올림

넉넉한
손 내밀어 주는
품어주는
초현실주의 작가처럼
추상화가처럼

아무도 보지 못하는
세계를 보는가

내줄 것이 남아 있다는

시

시는 미분이자 적분이다

자세히 들여다보며
잘게 쪼개서

연과 연에 붓질로 채우기를 한다

한 컵에 가득 찬 물처럼
덜하지도
더하지도 않다

새벽길

밤새 일을 해도 쪽박신세 면치 못한다고
버짐나무 가지 끝에 매달린 마지막 잎새가 된
그믐달이 넉두리를 사설로 엮는 새벽

아버지는 도시락 가방 메고 가다 어둠 속에서 새움 틔우는
속삭임을 듣는다

파도처럼 기운찬
심장의 발걸음

첫차를 타러가는 아버지
아버지의 발소리가 마중물이 되어
또 하루가 문을 활짝 연다

공중을 걷는 새처럼 가볍게

숙면

노트북이 식탁 위
한옆에서 잠을 잔다

나무의자에 쪼그려 자던 나처럼
노트북은 깨울 때까지 일어나지 않을 듯
숙면모드이다

나는 얕은 바람소리에도 몸을 뒤척였는데
깊이 잠들어 있는 아이를 깨울 수가 없다

너와 나의 거리

내일은 더 나아질 거야
내가
잘 할께
사내는 후렴처럼 말했다

고백은 쭉정이 같아서
남긴 흔적이 없다

여자는 생쌀처럼 밥알을 씹었다
속으로 욕도 씹어 삼켰다
먹기 싫다 하며 밥을 먹는 아이처럼

나이를 꾸역꾸역 삼키다보니
이렇게 되었어요
여자가 그러려니 하면 된다고 주석처럼 말한다

다이어트

일요일마다 걸려오는 엄마 전화를
벌써 삼 주째
받지 못하고 있다
만남을 강제 다이어트 시키는
코로나19

귀문 닫은 엄마에게 설명을 할 수 없는데
전화벨 소리는 유별나게
목소리를 높인다
화난 엄마의 마음을 대신 말하나보다

일주일 기다림 끝에 허락받았던
일요일의 유일한 낙
묵밥 집 가는 단순한 외출조차 금지된 날들

영문도 모른 채 거절당하는
엄마 마음이 목에 걸려
대강 챙기려던 밥마저 입에 쓰다

턱

방바닥에서 일어서려다 주저앉았다는 엄마
병원에서 아무 이상이 없다고 했답니다
이주일이 지났는데
차문을 열어드려도 올라타질 못합니다

앉았다 일어서는 일이 언제부터인가
느린 동작 촬영 같더니

걸음마다 신음을 토해내며
파스를 붙인 엄마가 삼보일배처럼 걸음을 멈춥니다

암탉이 날마다 낳는 알처럼 부쩍부쩍 늘어나는 장애물
무슨 이자처럼 불어납니다

턱은 엄마에게 내대이지*말라는 명령입니다
나는 엄마에게 등업이*가 되려고
운동을 안 하는 거냐고묻습니다

* 내대이다1: 내대다. 소홀하게 막 대하다
* 등업이: 걷지 못하여 등에 업고 다니는 아이.

아까시 꽃잎 날리고

유리창 밖 너를 향하여 손을 흔들었다

제복의 실루엣이 쉬이 어둠 속에 묻히었다

은은한 종소리 같은 오월의 장미향이라 해도
너와 나 사이의 벽을 통과하지는 못하리라는
예언이었다

계절이 바뀔 때면
초점 맞지 않는 현미경처럼
또렷한 적이 없는
네 마음은 이따금 아까시 향 묻어오는 미풍에
희미한 물음표로 이내*처럼 날아든다

---

* 이내: 해 질 무렵 멀리 보이는 푸르스름하고 흐릿한 기운

한마음

오이넝쿨이 일어선다
조그만 씨앗에서 살아난 새싹
민달팽이 짚신벌레 날마다 덤비는 성가신 손길을
다 이겨내고
살아남아
줄기마다 갓 태어난 어린 넝쿨이
덩굴손을 뻗어 허공을 휘저으며
꼿꼿이 일어서 당당하게 앞으로 뻗어나간다

묵새기게* 하는 코로나19가
발빠르게 지나치며 곁눈질로 훑어만 보던 관계를
끈끈하게 이어준다
이른 아침 어제와 달라 보일만큼 더 큰 오이 몸이
뼈처럼 단단하다

역병을 이겨내려는 마음은 하나
서로 다른 곳에서
다른 모습으로 살아도

가시덤불을 헤쳐 나가
이겨내려는 마음은 하나

테밖*에 있다고 다르지 않은 하나의 길은
기필코 도달해야 할
맑은 물과 깨끗한 공기로 가득한 그 곳

고향집처럼 어서 빨리 가고 싶은 마음은 하나

---

* 묵새기다: 별로 하는 일 없이 한 곳에서 오래 묵으며 세월을 보내다.
* 테밖: 한통속에 드는 범위 밖.

거울

내 마음은 거울이다

당신의 마음은 통과할 수 없는 빛이다

우리는 서로 다가설 수 없다
속으로만 삼키고
뱉지 않는다

깨버리면
마음대로 오갈 수 있는 길

먼저 나서지 않고
후회를 잉태한 채
남의 일처럼
한 발 뒤로 숨는다

제3부

상가롭다[*]

---

* 상가롭다: 부드럽고 상냥한 데가 있다

조각판화

들판은 조각칼을 가지고 있다

하늘을 움푹하게 파서 산을 볼록하게 만들고
논과 논의 경계선을 삼각 칼로 날씬하게 그어놓는다

구불구불 강을 새길 때는
둥근 조각칼을 이용하여 햇빛에 빛나는 물결을
반짝이게 묘사한다
금방 피라미라도 뛰어오를는지 맑고 깊어 보인다

길에는 밀짚모자를 쓴 아버지가 지게 짐을 지고 걸어오고
엄마는 광주리를 이고 그림자처럼 따라온다

미루나무 머리 위에 참새 한 마리 또 한 마리 걸터앉는다

작은 조각칼이 완성한 정다운 풍경이
마음에 등고선을 그린다

그 후에

대충 아무 곳에나 구멍을 파고 파묻었던 강낭콩이
햇볕을 머리로 치받으며 올라오고 있다

늘 짧은 줄에 묶여 있는 백구처럼
동선의 반경은 좁은데다
오십보백보라
뭔가를 심으려면 팠던 곳을 또 파기 일쑤
어떤 것은 태어나기도 전에 긁어내지는 태아처럼
수차례 파헤쳐지고 옮겨졌다

먼지에 가까운 히숍 씨앗도 새싹을 키우려면
줄탁동기*가 필요하다
날마다 들여다보아도
제 리듬보다
서둘러 조바심을 깨주지는 않는다

속도의 차이는 있어도
나날이
감탄사 안겨주기는
빨간 토마토 따기보다 쉽다는 듯

---

* 줄탁동기(啐啄同機)
알에서 깨기 위해 알 속의 새끼와 밖에 있는 어미가 함께 알껍데기를 쪼아야 한다는 뜻
으로, 어떤 일을 이루기 위해서는 서로 협력해야 함을 이르는 말.

멈춰진 시간

지하실 문을 열어 보니
아들 축구공이 깊이 페인 팔자주름 얼굴로
버커리처럼* 쭈그려 앉아 있다
한 번도 찾아 본 적 없이 잊혀진

네가 왜 거기에 있어?

냉장고에 붙은,
벽에 걸린 사진까지 모두
아이 어린 시절 어느 한 때에
멈추어 있다

아이가 침을 흘리며 웃는다고
첫고동*으로 조심조심 일어선다고
물에 빠져 젖은 신발을 번쩍 들고 있다고

아이는 큰 날개 활짝 펴고 붕새처럼 날아갔는데

나는 그때
그 마음으로 멈추어
그 장면 속에 크지 않는 나무로 남아
돌아보고 또 돌아보며 버썩거린다*

* 버커리: 늙고 병들거나 또는 고생살이로 살이 빠지고 쭈그러진 여자.
* 첫고동: 맨 처음의 기회
* 버썩거리다 / 대다: [소리] 버썩 소리가 계속적으로 나다.

덤

청주시 사방에서 모여든
어르신들 줄이
꼬리를 무는 충북노인복지관 점심시간

찰밥을 퍼 담는다
불고기를 수북이 담는다

도마위에서 칼이 난타공연을 한 후
커다란 솥들에서 춤을 추던 재료들이
서로 어우러진 후다

어르신이 호박죽이 맛있어서
두 그릇이나 먹었다고 자랑한다

정도 산더미로 쌓인다

겨울

백합꽃 나무 꽃받침이 꽃이 되어
마른 겨울 화판에 표정을 그려 넣었다
머리위에서 부채질을 하며
응원한다
풀죽었던 '100번 윗몸일으키기' 목표가 다시 생기를 찾는다

눈을 감고
소리에만 집중하며 지휘하는 헤르베르트 폰 카라얀처럼
나뭇가지 끝 작은 표정까지 정밀묘사로 들여다보며
읽어낼 수 있길 기대한다

엄마가 마른 장작개비 같다고 하는 너도
추위를 삭이는 꽃을 피워
내 마음까지도 흐르게 할 수 있다

겨울마케팅

코트를 사려 라벨을 살핀다
가격이 높을수록
밍크, 여우, 알파카, 캐시미어, 양모, 거위털, 오리털

옷이 동물의 거죽으로 만들어졌다
겉으로 천이지만 알고 보면
남의 옷을 한 올도 남김없이 빼앗아 짠
비명 부스러기이다

부모를 등골까지 휘어진 나무로 만들 거면서

동물들 유령이 디자인 포인트가 되어

 매장마다 따뜻한 겨울을 연출하고

거의 교복이 되어 누구나 입는
패딩 코트를 사주지 못하는 부모님을 죄인으로 만든다

수족냉증이 괴롭히는 겨울이
따스한 아랫목 같길 바라는
부모님 마음을
집요하게 파고드는

잇다

삼촌에게 자전거를 배우고
둘이 여행을 가고
삼촌을 닮아가며 어른의 세계로 첫 발을 들여놓았던 나

영산강을 따라 아이와 둘이
장거리 자전거 여행을 떠나 일출 속에서
하이 파이브를 한다

첫걸음부터 이어진 길을 달리며
십리길 이십 리길이
아이와 나 사이에
다리를 하나 더 놓는다

아침운동

아침운동은 마중물이다
하루를 힘차게 펌프질하게 한다

급히 달리는 출근길에도
숨차게 돌아가는 업무시간
지친 어깨로도
거뜬히 덤불을 헤치고
나가게 한다

직박구리도 벌써 나왔다

급식봉사

일렬횡대 가루어* 선다
칼이 춤을 추고
주걱이 힘차게 돌아

김치를 넉넉하게
시래기나물도 수북하게
감자 샐러드도 넉넉하게
쌀도 가득가득

더 주려는 마음도 수북수북 담아

가제트 팔처럼 허리를 늘여
손에 손이 보태 만들어낸
도시락 키트 한 벌이
가진 자와 점점 벌어지는 간격을 좁혀나가
기초수급대상 어르신이 딛고 일어설 디딤돌이 된다

---

* 가루다 : [행동] 나란히 함께 하다.

3분의 1

긍정하는 힘을 가진 말

엄마는 저녁밥을 지으려 비어가는 쌀독을 들여다보며
아직은 여유가 있네

허리 한 번 펴지 못한 채 고추를 따다
끝이 보이네

운동

아줌마는 제자리 뛰기도 힘겨워 헉헉

비둘기는 버짐나무 가지에 가만히 앉아
고개만 갸웃갸웃

바람은 발 빠르게 달려가고

노동자

쉬고 싶다고 쉬지 못하고
컨베이어 앞에서 해가 저물도록 허리 펼 틈 없이
명령에 복종
또 복종하건만

칭찬 한 마디 없이

또 일터로 부르는 채소들
나무들

이번엔 하얀 앵두가 부른다

관리사무소

녹슨 부품을 수리한다
흘러나오는 오수를 틀어막는다
기름을 친다

운동을 한다
삐걱거리면서도 돌아간다

덜덜거리면서도 바퀴는 굴러간다

시인

디자이너다

재단가위가 제멋대로 금을 건너갔다

단어와 단어를 꿰맸다가
조사를 오려붙였다가

오징어게임에서 졌다

새벽

느티나무 옆에 모과나무
모과나무 옆에 산수유
그 옆에 단풍나무
그 뒤에 백합나무
그 옆에 소나무 그 옆에 잣나무
그 뒤에 버짐나무가
집으로 돌아가는 달을 배웅할 때

머리 벗은 나무 닮은 아저씨가 지나가며
올려다본다

등나무가 벤치를 털어내고 쉬어가란다

문 열다

손가락 사이로 빠져 나가는 송사리처럼
미끄러져 나간다

가을이 지나간다

뜰에서 갈무리를 하다 보니
미선나무가 그 작고 가녀린 몸으로
붉은 입술 사이에 작은 구슬처럼
조롱조롱 꽃눈을 달고 있다
잎들은 떠나갈 채비를 서두를 때
미선은 눈여겨 보아주지 않아도
다시 만날 봄을 준비하고 있었나보다

가을이 길손에게 열어주는 길로만 알고
덩달아 놓아주기 위한 하루하루가 저물었는데

봄들이기 위한 문을 열어야겠다

낙엽

물들 것 같지 않던 진초록 느티나무 잎이
어느 사이에 옷을 갈아입었는지 이사를 간다
보도위에 눕는다

그가 낙엽이 되었다

제일 나중 태어나서
제일 먼저 떠날 때
손 흔들 틈조차 주지 않았다

그는 마르지 않은 순간으로
코팅되어
마음 사이사이를
책갈피처럼 드나든다

오이넝쿨을 걷으며

자식들에게
하나씩 둘씩 열매란 열매 다 내주고
빈 껍질로 떠난

한 줌 재만 남은 아비의 몸이다

바싹 말라 뼈만 앙상하던 몸이다

자식은
스스로 아비가 되고도
철지난 옷 같은 마음이 되고서야
반성문을 쓸 뿐

습관이란

대청소를 끝낸 후
집을 나서려다

책상서랍을 쑤석거린다

서랍1, 서랍2, 서랍3
어디로 갔지?

꼭꼭 숨은 그 조그만 카드 한 장

뼈처럼 굳었던 서랍을 뒤집을 땐
가위, 풀, 필기구……
다 생각날 줄 알았는데

서랍을 다시 쏟는다

교통카드가 있어야 버스를 타지

빈 그릇만 남은 식탁 위가
다시 엎은 책상서랍 같다

그러려니

바닷가에서 몽돌 하나 집어 든다

마음은 핏줄 타래이다

대동맥이 꿈틀거릴 일은 흔하지 않다

실핏줄이 조금씩 맡은 일을
감당하는 것으로 족하다

갈수록 심장이 널뛰는 일이
적어지고 있다

모서리마다 닳고 닳아
입지퍼를 닫고

그러려니

장소가 된 옆자리

침대가 허전하다
엄마가 바뀐 환경을
가슴으로 껴안고
모로 누워 자던 자리가

공간으로 남겨졌던 옆자리
엄마가 하룻밤 막내아들 대신 보호자가 된 딸과
불편한 밤을 보낸 후로
장소가 되었다

노인성두드러기가 성가시게 굴 때
엄마가 잠결에 긁적이면 이불이 부시럭 부시럭 달래줬다
잘 때도 지우지 않은 분 냄새가
오동나무 꽃향기로 짙게 안개처럼 내려앉았고
옆으로 누워 칼잠 자는 엄마는 한 이불 속에서도 섬처럼
홀로아리랑 노래를 부르는 것 같았다

시각 청각 후각 모든 세포가
거기에 길들여진 시간이
초승달처럼 저만치 떠 있다

전에는 비었다는 생각을 한 적 없는 침대 반쪽이
의문부호를 만든다

너는 왜
외톨박이로 누워
멀뚱멀뚱 천장만 보고 있니

물오른 버드나무처럼

찬바람에 뒹굴지 않고
폭설을 이겨내고
저희끼리 모여 앉은
봄볕 속 목련 잎이
색은 바랬어도 구멍하나 없이
짱짱하다

겨울 냄새를 거둬내려는 손길을
거부하는 목소리 기운차다

엄마가 걱정 어린 손길을 뿌리치고
세 발짝 띠다 쉬고
세 발짝 걷다 쉬며
발자국마다 여러 자식 낳던 신음을 토해낸다

아직 골다공증은 아니라고
힘주어 말하고 싶은지

겨울바람 가시기 전부터
발간 얼굴로 창문을 연
홍매처럼

엄마가 활짝 피어
내게로 온다

구순도 여린 봄날이라고
춤을 추면 좋겠다
물오른 버드나무처럼

봄이 되다

얼굴을 찡그리며
일어나려 애를 쓰는
풀썩 넘어졌던 엄마

엄마가 새순처럼
피어나려 한다
서툰 몸짓으로도 찬바람에 굴하지 않는다

솜털을 부르르 떨며
첫눈을 뜬 햇병아리처럼
아기가 된 엄마가
첫발을 내딛는다

내 손을 뿌리치고
스스로 봄이 되어간다

단호박

말벌이고
씀바귀

하루의 오전은 느리게 흐르는 뾰족한 산이 많다

오후는 바삐 도망치며
웬만한 건 둥글둥글
되는대로 굴러가도

단호박처럼 닳아진다

철부지 가시 부러지고
이가 빠지고

삶이 단호박이 된다

공연히

비질하고 지나온 자국을
눈은 또 지우고
하염없이 푹푹 덮어
비쩍 마른 길바닥을 감추어 준다

세상에 있는 모든 빈 마음을
들키지 않게 해줄 수 있다고 믿는지
켜켜이 감추고 감춘다

치우고 치워도
복닥거리던 먼지까지
싹다
보이지 않는 날을 꿈꾸는지
자꾸 이불호청을 끌어 다독여 주는데

매화는 얼굴을 쏙 내밀고
두리번두리번
공연히
궁금하기도 하여

발걸음도 가볍게

느티나무 잎이 톱니마다 체인을 돌리며 굴러간다
붙박이어 작은 동네 어귀에서
벗어나지 못하던
지난여름을 뒤로 하고
길 떠난다

꿈에서만 보던
미지의 세계에서
만날 돌멩이까지도
반가울 것 같다

두려운 마음은
먼지처럼 털어내고
공연히 끌리는 곳으로

시작은 완성이다

외출

까마득히 멀던 날이 돌아와
주섬주섬 짐을 싸다보니
하룻밤 나갈 가방 속에
약이 한보따리

구순 엄마가 가져온 작은 가방은
단출하기만 한데
선봉장 동생은
바리바리
고기에 전복에 미역까지
차고 넘친다

한옥숙소 창밖에는
일기예보 비껴 건너온 뭉게구름이
백일홍과 손뼉을 마주치고

세 모녀
마주앉은 저녁만찬 상에는
엄마가 좋아하는 막걸리까지
화수분으로 넘치는 이야기를
세모시로 짠다

엄마가 구십년 구른 디딜방아 소리
솥뚜껑 냄비 뚜껑 들썩이며
끓어 넘치던 보리밥 냄새
미닫이 문 밖까지 퍼진다

요리

부엌에 들어선다
오늘 저녁 메뉴 가운데 핵심은 청주
그것도 상당도서관이다

그 많은 책 바다에서 시집 하나 낚아
머리로는 탕을 끓이고
가운데 토막으로는 회를 치고
꼬리 쪽으로는 튀김을 하려 한다

시침 분침에 초침까지 팔 걷어붙이고
공을 들여 바짝 튀겨야 제 맛이란다

꼼꼼히 생각하여 잘 차렸다고
손을 닦는데
술이 빠졌단다

하이힐을 신겨주는 봄

때를 거르지 않는 밥처럼
수양매화 홍매
고봉으로 넘쳐
창문 안 까지
매향이 수북수북

꽁보리밥만으로 허기를
달래지 못하던
겨울 지나

넉살 좋게도
움츠렸던 어깨를
주무른다

문을 활짝 열고
밖으로 나와 보라고

공연히 흐르다

거실 너저분한 살림을 치우다 말고
마루방 문을 연다
뒤섞여 있는, 커다란 울타리 같은 액자와
논배미 같고
텃밭 같고
부뚜막 같은
캔버스가 쌓였던 수다를
한 포대씩 풀어놓는다

어떤 그림은 길거리에서 우연히 마주친
얼굴만 기억나고 이름은 생각나지 않는
동창생 같고
어떤 그림은 불알친구처럼 반갑다
같은 반이었으나
말 한 마디 섞어본 적 없는

아득한 얼굴이
차갑던 손을
놓아주지 않는다

약속한 적 없던 만남에
사로잡힌 봄날이 저문다

등 떠미는 봄날

아쉬움을 그림자처럼 늘이고
떠나야 할 때가 왔다

나무가 손을 놓는 건가
내가 손을 놓는 건가

바닥에 누울
붉은 눈시울 같은 홍매 꽃잎

놓아주고
놓아야
다른 문을 열 수 있기에

등을 보이며
둥지를 떠나는 아이

대바구니로 넘치는
섭섭한 마음대신
설렘으로 채우라고

고속버스에 오르는
홍매처럼 고운 아이에게
손을 흔드는 일요일 오후

우리 동네

어디까지가 우리 동네인가

날마다 다니던 길로만 다니고
미개척지처럼 발길이 닿지 않는 곳이 수두룩하다

큰 길에서 집까지
ㄱ, ㄴ 두 번 꺾으면 대문 앞
나갈 때는 ㄴ, ㄱ

좌회전 우회전
우회전 좌회전

한 집에 오래 눌러 앉아 살아도
어느 골목이 어떤 풍경인지
굳이 궁금할 이유도 없이
단순하기만한데

봉명동이 우리 동네인가
봉명동 2통도 모르는데

어디까지가 동네 한 바퀴인가

손가락 한번 톡하면
시장 갈 일도 끝나는데

인터넷 세상이 이웃처럼 더 편한데

봄은 발자국을 찍고

비개인 오후
KF94마스크가 안경에
잔뜩 안개를 드리워
저 노란 건 개나리지
저 연분홍은 살구꽃이겠지
날마다 오가는 흥덕사지 가는 길도
발아래가 수렁탕* 같고 도랑 같다

저 앞에 가는 빨간옷이 니 동생이지?
당뇨망막증으로 시력을 빼앗긴 아버지는 그랬다
애써 쌓아올린 1% 소망의 둑마저 무너뜨린
진단을 받고
집으로 돌아오는 길
봄꽃의 아우성은 눈에 가시였다

아버지가 홀로 지팡이를 짚고 산책나가실 때
왜 팔짱을 끼고 지팡이가 되어 주지 못했을까

꽃들이 시끌버끌 떠들어대는 봄이면
차라리 뉴스를 끄고 싶고
창문을 닫고 싶다

* 수렁탕: 수렁으로 된 진창

낯선 골목에서 만난 봄

검불처럼 기신거리며*
동네를 더듬는다
우리 동네지만 가 본 적 없는
골목길

낯선 표정을
담장들도 나무도 지붕들도
생뚱맞아 한다

어느 집 목련이
봄비에 빨래한 하얀 저고리를 단정하게 입고
굽은 할머니 등으로 버티어
늙어가는 집의
남루를 가려준다

때 이르게 먼저 선수를 친
봄맞이에

감탄사만
헉헉대는 숨소리에
섞어찌개로
내놓는다

---

* 기신거리다: 게으르거나 기운이 없거나 하여 자꾸 힘없이 행동하다

행하지 않는 것처럼

미선나무 꽃 향이 훅하고 퍼져온다

멀리 보이는 풍경처럼
거북이걸음으로
덜컹임이 느껴지지 않을 만큼
흘러가고 싶다

울퉁불퉁한
물길일지라도

소리 없는 아우성도 모를 정도로
바람의 숨소리도 알아채지 못할 만큼

고요 속에
꽃잎처럼 향기도 없이 떨어지는
마음 잎사귀 한 잎

제 4 부

우릿하다*

---

* 우릿하다: 마음 속으로 깊고 진한 감동을 느껴 떨리는 상태에 있다.

오세요

청주에 사는 날 보러 오려거든 무심천을 건너오세요
와우산 등덜미에 앉은 구름을 타고 오세요
때는
벚꽃이 무장무장 꽃그늘 드리울 때
능수버들처럼
간드러지게 허리를 흔들며 오세요

꽃보다 짙은 붉은 입술로 달떠
세레나데로 이슬처럼 가슴을 적시는 가을 어느 날도 좋겠지요

정녕
당신 소식이 저물면
흰 눈이 푹푹 전설을 묻어가는 날
발자국 소리에 귀 기울이겠지요

아버지의 낡은 지갑

엄마 옷장 깊숙이 간직한 아버지 흔적
낡은 지갑 속에는 지폐 한 장 없이
집주소와 전화번호
단출한 살림처럼 박힌 명함 한 장만
수십 년 공직생활의 지위와 경륜은 보이지 않고
아버지 손때만이 나목처럼 반들반들합니다

여름방학에 불쑥 관사에 들어서니
아버지는 김치보시기도 없이
맨 국수를 간장으로만 간해서 점심시간 찬 없이 허기만 달래고
계셔서 가슴에 징을 쳤습니다

아버지는 값싼 지갑을 받자 싱글벙글하며
신분증과 명함을 꽂아 최고의 보배인 듯 자꾸 어루만졌습니다

지금도 생생하게 그려지는
해진 바지를 기워 입고 해외 출장을 가던 아버지
말보다 행동으로 보여주던 아버지 냄새를 안겨줍니다

가파른 언덕길을 마주할 때
새라새롭게* 살잡는* 안내서가 되어 줍니다
예쁜 지갑대신 내 가방에 부적처럼 들어있는,
돌아가실 때까지 쓰셨던 아버지의 낡은 지갑이

---

* 새라새롭다 : 새롭고 새롭다.
* 살잡다: 쓰러져 가는 가세를 다시 일으켜 세우다

거리두기

엄마의 배꼽은 능동태보다
수동태에 가깝다

틀 속에서 스스로
힘을 쓰는 모터라고 생각하며
아이를 뱃속에 담고도
질경이처럼 낮은 포복을
견디어냈지만

아이는 독립된 배꼽 갖기를 못 견뎌 하여
하나보다는 둘을 둘보다는
 셋을 원한다

지친 다리를 쉬려
돌멩이 위에 앉자
목련나무가 들어온다

꽃도 잎도 모두 내려놓은 맨몸이다

아이와도 거리두기를 해야겠구나

먼데 사찰에서 울리는 묵직한 종소리가
가슴에 메아리를 남긴다

누구일까

몇 년 만에 찾아간 고향마을

방학 때마다 동네아이들과 놀던
큰집 마당은 텅 비어
어쩌다 들려오는
새소리가 문 두드리듯이
정적을 깹니다

자치기 재기차기 구슬치기로
왁자지껄 활기찼던
마을 아이들은 모두 어디 갔을까요
옛 추억에 잠겨
둥구나무 아래로 다가가니
돗자리위에 누워있다
벌떡 일어나
놀란 토끼처럼
큰 눈으로 바라보던
푸른 교복의 소년

나또한 놀라 아무 말도 못하고
얼른 떠나오며
누굴까 생각해도
좀처럼 가늠이 안 되던
그 까까머리

둥구나무 옆을 지나기며
아련한 옛 생각이
아지랑이처럼 피어오릅니다

가수가 된 엄마

내가
부르는 노래를 돌림노래처럼 이어서 부르는
엄마

이 얼마만인가
바로 옆에서도 폐쇄된 문처럼
소통되지 않더니
노래가 절로 흘러나온다

보청기가 엄마의 생각을 열어주는 대문인가보다

지나가는 사람까지 불러들이던
우리 집 솟을대문처럼
언제나 활짝 열려 있으면
참새들도 덩달아 노래하겠다

경칩 오후에 넘치는 햇살처럼

뜰로 나서니
매화향이 고봉으로
넘친다

목욕하여
겨울 묵은 때를 벗겨내고
돌아선 한 걸음에
봄이 성큼 다가선다

뼈를 세웠던 땅이 폭신폭신 시루떡 같다

끝

정수리를 맞을 때마다
한 발짝씩 앞으로 간다
망치는 정수리를 때리기만 하고
쓰다듬어 주지 않는다
노예처럼 맞을 때마다 비명만 지를 뿐
반항 한 번 못하고 일만 한다

남자가 아파서 일어나지 못하는 여자를
쌍클한* 눈 치켜뜨고 발로 툭툭찬다
박차가 찌르는 아픔이 가슴을 흔들며 때린다

나무망치로 치다가
쇠망치로 내리치기도 하는 것이었는데
쨱 소리 한 번 안 내고 그럴수록 이를 악문다

참아내며 새끼들 밥 굶기지 않으려
부엌으로 간다

아이가 백점 맞은 받아쓰기 시험지를 들고
엄마를 부르며 뛰어온다

꿋꿋하게 견디며 끌로 살아온 길
산 그림자를 드리우며 숲이 우거진
풍경을 그려내는 날이 가까와진다

---

* 쌍클하다 : 매우 못마땅하여 성난 빛이 있다.

그후

1.
베란다에서 바라보면 시시각각 다른 풍경화 한 폭을 그려내던
산이 삽차가 휘두르는 발길질에 붉은 눈물을 철철 흘리며
해체되고 있다
먼저 털이 뜯긴다
산채로 떨이 뽑히는 거위처럼 울부짖는다
움찔움찔 놀라면서도 집들이 혀를 차며 구경만 한다

2.
개복된 배에서 간이 적출되고 신장이 떼어진다
오소리감투를, 웅담을 아귀다툼으로 먹어치우려는 이리들이
알전구처럼 눈을 밝힌다

3.
초고층 아파트가 쭉쭉 성장하고 땅값을
껑충 뛰게 할 거라는 소문은
구석기시대 청동기 시대 집터며 돈으로 환산 안 되는 유물이
구토처럼 쏟아져 나오자 입에 박음질이 됐다

4.
청주시청에서는 유물과 유적을 발굴할 예산이 없다며
유물을 도로 묻은 후
시멘트를 들이 부어 테크노폴리스라는 거대한
고층아파트 탑을 세웠다

깨지지 않는 사랑

홍도 꽃은 작은 틀 안에
갇혀있으면서도
화사를 주장한다
강렬한 눈빛으로

어떤 질긴 끈으로 묶인 것이겠지
너도 나처럼

수만 번의 번개가 치는 속에서도
너는 지독하게도
견디어내야 했던 고행으로 부족하여
나에게 잡혀 왔구나

완전한 착각이었던
이런 생각
내가 너에게 붙들려버렸던 거야

검은 베일을 벗고
피어난 너에게
마음이 송두리째 빠져
아이스크림처럼 녹고 마는 거야

얼음을 깨고 일어서는 봄

차에서 내리지 않겠다던
엄마

한 걸음 한 걸음 더딘 발걸음 속에
당신의 지나온 흔적이
묻어있음을 알겠습니다

몇 걸음 못가
눈 깜박일 틈에
넘어지고 만
엄마

아픈 무릎을 주무르는 손길에
삶의 굴곡을 어렵게 짚고
일어서려 애를 쓰던
당신의 쓰디 쓴 젊은 날
가난이 묻어나옵니다

당신은 여러 자식 돌보느라
구멍 난 난닝구만 입고도
억척스럽게 닭과 돼지까지
키워야 했지요

어렵게 일어선 엄마가
쇠잔한 발걸음을 뗍니다

잡으려는 손을
한사코 뿌리치고 걸어
버스정류장 하나뿐인 의자에
앉는 엄마

급히 차를 몰고 가 보니
저만치 도로 난간에
아기원숭이처럼 앉아있는 엄마

운동을 한사코 거부하던 엄마도
10리길 20리길
멀다 않고 잰 걸음으로 다니던
무쇠다리를
되찾고 싶었나봅니다

동생에게
미국도 가고
일본도 또 가고
부산도 가고
우리 셋이 여행하자
들뜬 소녀처럼 힘주어 말합니다

엄마는 더딘 걸음걸음에
새싹을 키우고 있었나봅니다

무시로 오지 않는 봄

고슴도치 바늘을 세워
가슴을 찌른다

연초록 버들잎마저
하나하나 뾰족하게 일어나서
찌른다 콕콕

그가 떠난 빈들에
가시들이 새싹을 키워낸다
삶의 징표를 보여준다

폭죽처럼 터뜨리라고

삶

삶은 폭죽이다

별처럼 빛나는 찰나가 지나면
알아보는 이 없는,
형체 없는 탈바꿈으로
돌아간다

껍데기도 남기지 않는
무로
연기처럼

파도

한 걸음 다가왔다가는
물러나고
한 걸음 다가오나 싶다가
또 그냥 돌아선다

수줍음 많던 소년은
어디 먼데서
봄이 되고 싶어
바람을 모으고 있는지

한 번의 손짓에도
얼었던 내 마음은
여름이 될 터인데

설원의 새싹

홍덕사지
눈밭에
발도장을 찍는다

병원에서 집에 가는 길
솔잎을 쓰다듬는
바람과 새들이 외치는 구령에 맞춰
새 세상, 새싹을 키운다

미끄러지지 않으려 애를 써도
병원이 먼저 손짓하는 날이 늘어나는
고목이 되어가도
봄볕이 들고
설원의 노래가 새움을 틔운다

더딘 시간

씨앗으로 시간을 지나
느티나무처럼 어긋나기 지류를
만들며 더딘 발걸음을 내딛는다

고정식 자전거 타기하는
한 시간이
섬진강처럼 구불구불
길고도 길다

머나먼 여행길 같아도
아픈 다리 어루만지며
걸어가다 보면
봄을 만나게 되리라
씨앗으로 시간을 지나

이른 봄 낮 풍경 속에 담기다

낮은 기와집 뒤에
대나무
대나무 뒤에 참나무
그 위 까치집에서는
오늘도 깨를 볶는다

할머니 허리처럼
굽은 길을 돌아가면
나지막한 산길로
안내를 한다

씨앗으로 시간을 지나
스스로 봄이 된 풍경에
참새 한 마리도 담긴다

봄을 부르는 노래

당신이 올 때는 봄이었는데
당신이 떠나니
겨울입니다

눈보라가 휩쓸며
당신 그림자마저
지우고 맙니다

휘파람소리가
들려오는
들녘으로 가보렵니다

쿠데타

순식간에 점령되었어요
우르르 몰려든 꽃에게

굳이 창씨개명까지 요구해요

칙칙하기만 하던 계절은
스스로 두터운 솜옷을 벗어버리고
박수치지요
최면술에 걸린 듯이

당신에게 빼앗긴 마음은
연둣빛 버들잎처럼
춤을 추지요

당신이 가는 곳
어디라도
어미닭을 따라다니는
병아리처럼
따라다니지요

번지다

너에게로 가고 싶다
수묵화처럼 번지어

팔을 뻗어 보지만
도심 가운데
팥죽처럼 들끓는 수많은 아우성이
막무가내로 막아선다

허공에까지 보이지 않는 벽을 세워
막는다

너에게로 번지고 싶다
초록으로 물들고 싶다

공연한 일로 채우다

역병이 막는다고
가만히 앉아만 있기 싫었다

하지 않아도 될 일을 벌이며
집안을 쑤석거리다 보니
온통 눈에 가시처럼
성가시다

폭식처럼 하루하루 마구잡이로
삼키다
무작정 먹어치우고도
만족할 줄 모른다

몸이 캔버스가 되는 것으로도 모자라
낙서를 좋아하던 꼬마처럼
벽마다
말들이 뛴다

다리대신 심장이 쿵쾅쿵쾅
온 집안은 난장이 된다

짧은 치맛자락 같은 봄날

설중매 홍매 꽃잎
하나 둘 제 몸을 내려놓는 날
크로커스가 홀로 얼굴을 내밀었습니다

무화과나무가 곁가지로 밀며
제 품을 넓혀가는
좁디좁은 집

도시계획으로 구획 정리되어
절반이 잘려나간 집처럼
좁아지기만 하여
여러 형제 복닥불* 같던 때로
돌아가고 싶다는 생각에
햇볕 한 줌을 줍습니다

바람이 수선스러워
벌도 벨을 누르지 않은 봄날
해질 녘 옷깃을 여밉니다

---

* 복닥-불: 떠들썩하고 복잡하여 정신을 차릴 수가 없는 상태

연극

홍매 설중매 다른 옷으로 갈아입는 사이
무대로 올라서는 하얀 앵두 진달래

무거운 겨울옷 벗고
초록 옷으로 멋을 내고 등장한 잔디

페파민트 군무를 추는데
치맛자락에서 향기가 물보라처럼 퍼진다

관객은 곤줄박이
추임새를 넣으며
얼쑤
지화자

무르익는 봄날

모충고갯길에서

길바닥이 닳도록 넘어 다닌 고개

엄마가 두발로 걷던 날로
돌아갈 날 그리는 꿈이
봄밤처럼 저무는데

횡단보도를 건너다
섬이 된 엄마가
아예 주저앉아버린 길

내 마음을 까맣게 태우는 엄마가
건강해지길
석조비로나자불님께 비는
모충고갯길

통장

배가 불룩 나올 만큼
때가 되면 먹는 밥처럼 채워지지만
주린 배처럼
꼬르륵 꼬르륵 운다

삐끗 한 발짝이라도 헛디디면
떨어지고 마는 외나무다리처럼
조심하라는 경고문이
빨강글씨로 항상 붙어있다

이리저리 줄자처럼 재보며
장작 패듯 쪼개고 쪼개
아껴 써 봐도
숭숭 구멍 난 바구니처럼
송사리마저 빠져나간다

월급날 지나자마자
아기 새처럼 입을 벌린다

저기 봐

저기 봐
나생이네
저건 꽃다지
저건 국수댕이
고들빼기도 있네

여기서 나물 뜯으면 좋겠다
여기서 나물 뜯자

저기 봐
벚꽃도 금방 피겠네

저기 봐
새들도 많네

엄마는 용화사 앞 운동시설 가운데 긴 의자에 앉아
지팡이만 들었다 놓았다 들었다 놓았다
저기 봐
저기 봐

바닥의 소원

왼쪽으로 오른쪽으로 눈을 굴려 본다

옆을 보고 싶다는 이 단순한 바람이
먼 바다 건너 이야기 같아야 할 까닭은 무엇일까

위로 올라갈 수 없는 몸
왜 일어서지 못한 채 늘 누워만 있어야 하나

발등을 보지 못하고 발바닥만 보아야 하는
강직성 척추염 환자처럼 굳어진 척추

밟히면서도 신음소리조차 낼 수 없는

탈레반에게 억압당하여 자기의 목소리를 낼 수 없는
아프가니스탄 브라카
숨죽여야하는

틈

작은 틈사이로 큰 물고기를 들일 수 있네

작은 보폭 사이로 자동차 수십 대 지나가고
원룸과 원룸 지붕 사이로 오로라가 펼쳐지네
빨간 화살 나뭇잎 사이로
빌딩과 노란 은행나무가 들어오네

내 마음 틈에 들어온 너로 꽉차네
백지 같던 맘속에 물결치는 그림이 출렁이네

오래된 고분

엄마는 오래된 고분
진시황 병마용처럼 거대하진 않지만
귀한 보물을 한 가득 품어 안고 있다가
다 발굴되어 쿨렁쿨렁 비어간다

아침저녁마다 물을 주며 정성들여 기른 콩나물 한가지로도
맛있는 도시락 반찬을 만들어 주던 솜씨

옛날 옛적 이야기를 녹음기처럼 술술 풀어내어
겨울밤의 어둠을 짧게 토막내주던
소설가 뺨치는 이야기꾼

하루하루
뼈를 바르듯이 알뜰하게 쓰는 부지런한 엄마

흐드러지게 핀 벚꽃을 보며
저대로 떨어지지 않으면 좋겠네
도돌이표 노래처럼 감탄하는 어린 아이 같은 엄마

다리를 세 개 갖게 되었지만
더는 도굴되지 않고 이대로
오래 보존되길

꿈꾸는 내일을 위해

겉보리 껍질도 나름의 두께를 갖고 있다
자기 몸을 지켜낼 만큼,
딱 그만큼의 두께

그러나 한 번 깨지기 시작한
알껍데기에서 벗어난 병아리가 그러하듯이
힘든 겨울을 이겨낸
보리 싹은
빠르게
빠르게
달리기 선수처럼 속도를 갖는다

기다린 만큼
새싹은 연두에서 연초록으로
마침내 초록으로 빛나는 풍경을 연출한다

기다려라
내가 너에게 도달할 때까지
파발마처럼 힘껏 달려가고 있으니

새싹보리 움트는 시간만큼이라도 기다려줄래

체험학습

의사가 내 얼굴에
마취주사를 찌를 때마다
쐐기에 쏘인 것처럼 따가웠는데
이건 치료를 하려는 것이 아니라
테스트를 하는 거랬다

다른 병원 다른 전공 의사가 처방해준 약을
근 한 달이나 모범생처럼 먹었지만 0.1%도
사라지지 않은, 정체를 알 수 없는 게릴라 같은 통증
정형외과에서 추천해준 병원
이름도 어려운
악안면외과

3, 4분여 만에 의사는
안 아프다는 내게
마취가 풀리면 다시 아플 거라며
절대로 입을 다물지 말랬다
너무 앙다물고 있어서
근육이 뭉쳤다고

코로나가 원인이었다
사람의 길에 입의 길까지 막은,
바이러스에 걸리지 않은 사람까지
수단방법을 총 동원하여 진드기처럼 괴롭히는
코로나의 힘을 체험하는
어이없는 현실이
발을 묶으려고 한다

하지만
봄문처럼 길은 열리리라

남겨진 거리

뜰에는
해질 무렵까지 뽑다만 잡초
물조리개, 호미가 그대로 있다

하다만 청소가
방안에 있다

페인트칠하던 붓이
잊혀졌다

사랑도
피우지 못한 꽃으로 남아있다
당신과 나 사이가
좁혀지지 않는 거리
그대로이다

어쩌면
먼데 풍경 같은
우리여서
더 좋은지도

급식봉사2

매주 화요일은 비워둔 그릇

닦고 닦아
김이 모락모락 나는 쌀밥으로
맛깔 나는 콩나물 반찬으로
손과 손이 척척
가득 가득

차고도
넘치는 날

지팡이를 짚고 걸어오는 봄

천천히 천천히
조금씩 조금씩
다가온다

아지랑이처럼
가물감물
아득히 멀리서 오는가 했더니

어느새 안마당까지 온 봄

첫걸음으로 완성된
초미니스커트 같은 봄

갈 때는 KTX를 타고 간다

수학

수학은 소설이다

미궁으로 빠졌던 사건이 답답한 늪지대에서 허우적이게 하다
갖은 우여곡절에서 벗어나
마음을 짓누르던 상처의 딱지를 말끔하게 씻어낼
내일로 발걸음을 내딛게 한다

이건 에필로그에서 벗어난
사소한 사건이었을 뿐

다 왔나 쉬려 하면
아득히 먼 길이
앞에

꼬리에 꼬리를 물고 이어지는 이야기가
몇 구비 산을 넘을 각오를 요구한다

씨앗으로 시간을 지나
김정옥 시집

초판 1쇄 | 2022년 10월 31일

지은이 | 김정옥
펴낸이 | 노용제
펴낸곳 | 정은출판

출판등록 | 2004년 10월 27일
등록번호 | 제2-4053호
주   소 | 04558 서울시 중구 창경궁로 1길 29 (3층)
전   화 | 02-2272-8807
팩   스 | 02-2277-1350
이 메 일 | rossjw@hanmail.net
홈페이지 | www.je-books.com

ISBN 978-89-5824-473-8(03810)
값 11,000원

＊ 잘못된 책은 교환해 드립니다.
＊ 양측의 서면 동의 없는 무단 전재 및 복제를 금합니다.

＊이 책은 충청북도, 문화재단의 후원으로 문화예술육성지원사업의
   일환으로 지원받아 발간되었음